KB131225

겹겹의 의도

sempé

겹겹의 의도

장자크 상페 글 · 그림 | 윤정임 옮김

MULTIPLES INTENTIONS
by
JEAN-JACQUES SEMPÉ

Korean edition published by arrangement with Éditions Denoël
through Sibylle Books Literary Agency, Seoul.

이 책은 실로 꿰매어 제본하는 정통적인 사철 방식으로 만들어졌습니다.
사철 방식으로 제본된 책은 오랫동안 보관해도 손상되지 않습니다.

내 소중한 친구인 고독과 함께 아름답고 멋진 하루를 또 보낼 수 있다네!

우리 아이들한테 어떤 세상을 물려주게 될까 하는 질문은, 나 역시 자주 해본다네.

이 물로 말하자면, 가파른 그라비야크산 허리를 세차게 흘러 내려와 백악기의 석회질 고원에 스며들었다가 고운 모래가 쌓인 말자크 샘의 진흙 속에서 다시 솟구쳐 나온 것으로, 철분을 함유한 사암과 접촉하여 활력을 북돋운 뒤 아르프몽 계곡으로 돌진했기에 온갖 광물질을 고스란히 간직하고 있으면서도 아주 부드럽지요.

마르트, 그런 행복을 한 번도 느껴 보지 못했다니 정말 안됐군요! 엄청난 행복 말이에요. 왜, 가슴이 벌렁벌렁 뛰고, 숨이 탁탁 막히고, 아무 생각도 할 수 없고, 배 속이 꽉 찬 것처럼 식욕도 없고, 잠도 오지 않고, 친구며 가족 그리고 당신마저 막무가내로 부숴 버리는 그런 행복 말이에요.

그간 세월이 흘렀고 난 재혼했어요. 하지만 로베르토, 단 한 번도 당신을 잊은 적이 없어요.

종종 머릿속에 떠오르는 질문이 있어. 만일 내가 불의의 사고를 당한다면 내 가족과 주위 사람들이 심리 검사를 받아야 할까?

저희 직원들의 인내심이 한계에 달했으므로
다음의 말들은 절대적으로 필요한 경우에만
사용해 주실 것을 친애하는 고객 여러분께
간곡히 부탁드립니다.
몇 번씩이나 거듭해서, 흡족할 만한,
질이 떨어진, 관리하다, 담당하다
– 감사합니다 –
sempé

〈그룬스타인 박사 진료소입니다.
정신분석을 받고 있는 중이시면 2번을 누르세요.
정신분석을 받고 싶으시면 2번과 별표(*)를 누르세요.
다른 곳에서 이미 정신분석을 받으셨으면 2번과 우물 정자(#)를 누르세요.
다른 곳에서 받았던 정신분석을 중단한 이유가 입원 때문이면 3번과 우물 정자를 누르세요.
여행 때문이면 3번, 우물 정자, 4번을 차례로 누르세요.
특별한 이유 없이 중단하셨다면 4번과 별표를 누르세요.
다시 정신분석을 받기를 원하시면 5번, 별표, 6번을 차례로 누르세요.
그렇지 않은 경우에는 전화를 끊어 주십시오.〉

얘, 좀 전에 끔찍한 사고가 일어났어. 한 남자가 휴대 전화를 받으며 길을 건너다가, 역시 휴대 전화를 받으며 오토바이를 타고 가던 남자랑 정면충돌했지 뭐니. 구조대가 달려오긴 했는데 이미 너무 늦었어. 모두들 너무 놀라서 한동안 꼼짝도 못 하고 있었단다. 모든 게 그냥 멈춰 버렸던 거야. 그런데 그때, 누군가의 주머니에서 휴대 전화가 울렸어. 모차르트든지 뭔지, 하여간 귀에 익은 벨 소리였는데, 아무튼 그 소리에 모두들 정신을 차렸고 모든 게 다시 움직이기 시작했단다.

자기, 어디야? …… 여보세요, 당신 어딨어? …… 여보세요, 자네, 어디야? …… 야, 너 어디냐?
…… 여보세요, 지금 어딨어?

● 다양한 동식물이 진열되어 있는 파리의 케 드 라 메지스리 시장. 앵무새가 지나가는 사람들의 통화를 듣고 따라 하고 있다.

마르트니? 나 쉬잔이야. 지금 <속죄 성녀 울랄리 성당>에 와 있거든. 널 위해 내가 뭘 좀 기도해 줄까?

제 몸이 바닥에서 몇 센티미터 정도 붕 떠 있는 듯한 이상한 상태로 성당 안을 죄다 돌았어요.
그러다가 결국 바닥으로 떨어지면서 제 동생의 왼발을 심하게 밟았고 저는 발을 조금 삐고 말았죠.
이런 말씀을 드려도 될지 모르겠지만, 이 길로 당장 병원에 가서 진단서를 떼어 본 다음에 다시 이리로
돌아와 신부님과 함께 이 예사롭지 않은 사건의 영향을 연구해 봐야겠어요.

어머! 신부님, 사제복을 입고 와주시다니 정말 정말 감사해요!

올해, 산티아고 데 콤포스텔라 순례를 가기로 작정했지. 처음엔 아주 힘들더라고. 몸과 마음이 따라 주지 않는 거야. 그러다가 며칠 지나고 나니까 마음이 차분해지더군. 도식적인 생각들이랑 선입관 같은 것도 사라지고 말이야. 게다가 이루 말할 수 없는 지혜가 엄습하더군. 그래서 너무나 자연스럽게 샤토루 근처에 있는 역을 지나다가 기차를 잡아타고 투케로 가서 아내와 아이들과 합류했다네.

● 유명한 성지인 산티아고 데 콤포스텔라는 스페인에 있다. 샤토루는 파리에서 2백 킬로미터 정도 남쪽에 위치한 도시이고, 투케는 프랑스 북서부 노르망디 지방의 해안 도시이다. 결국 거창하게 성지 순례를 계획했다가 초반에 포기하고 가족을 만나러 휴양지로 돌아간 이야기를 그럴듯하게 늘어놓고 있는 중이다.

sempé

1

PHARMACIE 약국

2

3

4

5

6

7

Sempé

전하께는 행복이 썩 잘 어울리십니다.

애피타이저로 〈계절의 변덕〉이나 〈미친 샐러드〉 혹은 〈풀잎들의 춤〉을 추천합니다.

이놈 얼마요?

처음엔 그녀가 하루에 열 번씩 전화를 했어. 그러곤 〈사랑해〉라고 했지. 그다음엔 하루에 한 번 전화해서는 〈아주 사랑해〉라고 하더군. 요새는 2주에 한 번꼴로 전화해서는 〈아주 아주 아주 사랑해〉라고 말해. 그래도 난 〈빈도가 줄어들면 강도는 높아진다〉는 애덤슨 이론을 굳게 믿으며 낙관하고 있어.

……이제 부부는 서로 충실할 것을 〈영원히〉 (이 말이 요즘은 〈늘 그럴 수는 없다〉로 해석됩니다만)
맹세해야 합니다.

1

2

5

6

9

10

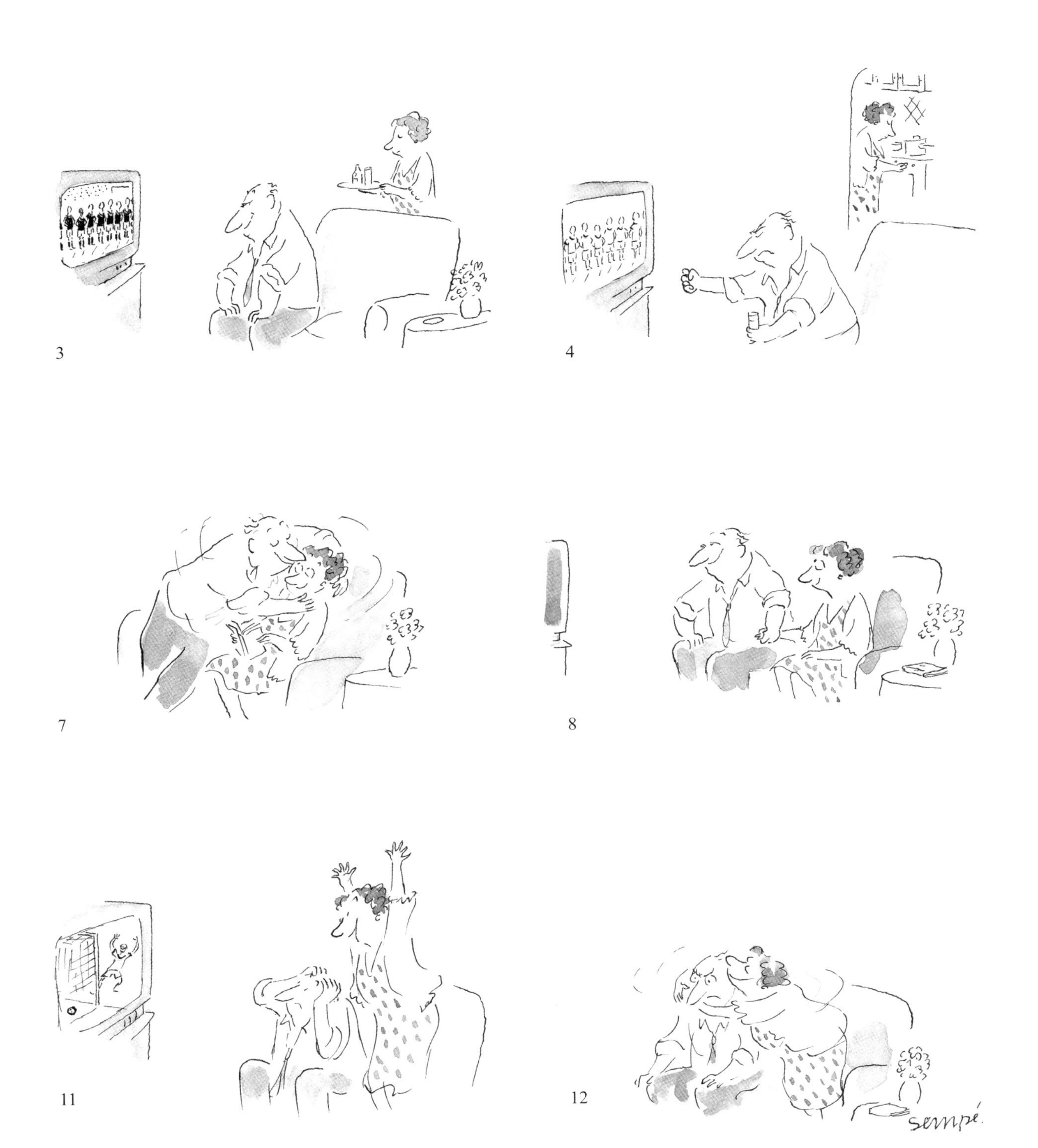
3
4
7
8
11
12
Sempé.

결승점에 가서 구경해야겠어.

당신 구두창 고쳐 놨어요, 엘리자베트. 고치다 보니 당신은 오른발 뒤축에 힘을 심하게 주며 걷더군. 그렇게 걸으면 한쪽으로만 체중이 실리게 되어 자세가 나빠지고 허리 척추는 물론, 특히 목뼈에 아주 안 좋아. 그게 두통을 일으키고 (나도 웬만큼 알고 있는) 당신 성격에까지 영향을 미치거든. 어쨌든 당신 구두의 균형을 다시 잡아 놨소(이제 그 신을 신고 걸음걸이부터 다시 잡아 보도록 합시다). 그러다 보면 우리 관계도 좀 더 나은 바탕에서 다시 시작할 수 있게 될 거요.

그이는 절대 〈당신 오늘 예쁜데〉라고 말하지 않아. 그냥 〈오늘 보기 싫지 않네〉 그런다. 또 〈당신 요리 맛있어〉 하지 않고 〈맛이 나빠진 않군〉 하고 말하는 거야. 그래서 나도 〈이젠 당신을 떠나겠어〉 대신 〈내가 왜 여태껏 여기 이러고 있는지 모르겠어〉라고 말하고 싶어지는 거 있지.

지금 우리는 완전히 예약 초과 상태랍니다.

난 오랜 세월을 완벽한 몸매의 가슴과 허리 그리고 미끈한 다리들에 둘러싸여 지냈습니다. 완벽함이란 비인간적이야, 사람이 그렇게는 살 수 없지. 이본 양, 당신이 아니었던들 버텨 낼 수 없었을 거예요. 그래서 퇴직을 하루 앞둔 오늘, 당신에게 감사하고 싶은 겁니다. 그간 내가 그토록 자주 이 창구 앞에 와서 벨을 울려 댔던 건, 아가씨의 그 떨떠름한 표정에도 불구하고, 아니 오히려 그 덕분에 작업을 계속할 수 있었기 때문입니다. 아가씨 얼굴을 보면 얼른 작업대로 돌아가 완벽한 인간의 일부를 다시 만지고 싶었거든요.

sempé

제3 클라리넷 주자가 병났어요. 그래서 프레데리크 를리에브르라는 고참 연주자로 대체되었죠. 이 사람이 심오하고 설득력 있는 저음에다 화려한 비브라토의 고음부를 연주해 내는 건 분명해요. 하지만 끌어당기는 듯한 음색이 제 취향엔 좀 선동적으로 들리더라고요.

난 자네하고 연극 얘기 하는 게 정말 좋아. 연극이 아주 전형적인 하루살이 예술이라는 자네의 견해에 전적으로 동감하네. 그래서 아무 부담 없이 이런 얘길 건넬 수 있는 거지. 오늘 저녁 자네가 맡았던 역을 부샤르에게 맡길 셈이네.

저 양반 처음엔 당나귀 한 마리(그게 나야)로 일을 시작했어. 둘이서 인근 마을에 치즈를 배달했지. 일이 고되긴 했지만 저 양반은 아주 명랑했어. 그런데 배달이 차츰차츰 늘어나면서 큰 사업이 되어 버린 거야. 이제는 야심 많은 사위까지 포함해 직원이 80명이나 되지. 저 양반 아내는 매일같이 가든파티를 준비하느라 정신없고 말이야. 일에 지쳐 버렸는지 저 양반, 언제부턴가 골프를 시작하더군. 어느 날 저녁, 나는 저 양반 사무실 창문으로 고개를 들이밀었어. 컴퓨터 앞에 앉아 얼굴을 잔뜩 찌푸리고 있더군. 난 이렇게 말해 주고 싶었어. 〈우리 예전처럼 다시 떠나요. 주인님은 아주 명랑했잖아요! 주인님의 키키(그게 내 이름이야)는 언제든 여기 있어요.〉 그런데 저 양반이 후닥닥 자리에서 일어나더니 골프채로 날 마구 때리며 내쫓는 거야. 당나귀 울음소리가 비웃음이나 불안한 흐느낌처럼 들린다는 것은 나도 알아. 그래도 그렇지! 그래서 의사소통이란 게 참 어렵다는 생각이 새삼 들더라고.

FROMAGES

아냐, 절대로 아냐! 비는 안 온다고 했다니까!

FESTIF 축제처럼

난 기분 좋아. 하지만 당신도 좋은지 알 수 있다면 정말 좋을 거 같아. 물어보면 당신이야 물론 좋다고 하겠지. 하지만 그게 진심인지 알 수 없으니, 나로선 그다지 썩 좋은 기분은 아냐.

P
sempé.

아주 잘했어요. 이제 하나 더 그려 보세요.

요즘, 몇 가지 재료를 한꺼번에 요리하고 있어. 샤토브리앙의 전기, 원자력에 관한 시론, 그리고 실제 인물을 모델로 한 소설을 동시에 쓰고 있거든.

● 샤토브리앙은 프랑스 작가의 이름이지만 쇠고기 안심 스테이크를 가리키기도 한다.

정월에 돼지 한 놈을 잡아 햄, 소시지, 베이컨, 파테 따위를 만들지. 그럼 1년 내내 편안하거든.
돼지들이야 안 그렇겠지만.

선생님을 이곳에서 또 뵙게 되어 정말 기쁘군요. 작년에 제가 지겹게 늘어놓아 선생님의 바캉스를 망쳐 버렸던(아니라고 하지 마세요, 잘 알고 있으니까) 불행한 사랑 이야기, 기억하시죠? 근데, 지금 제가 겪고 있는 고통에 비하면 작년 건 정말이지 아무것도 아니었어요!

이 지역에 선생님의 성이 세워진다는 걸 알게 된 순간 정중하게 찾아뵙고 인사드려야 한다고 생각했죠.

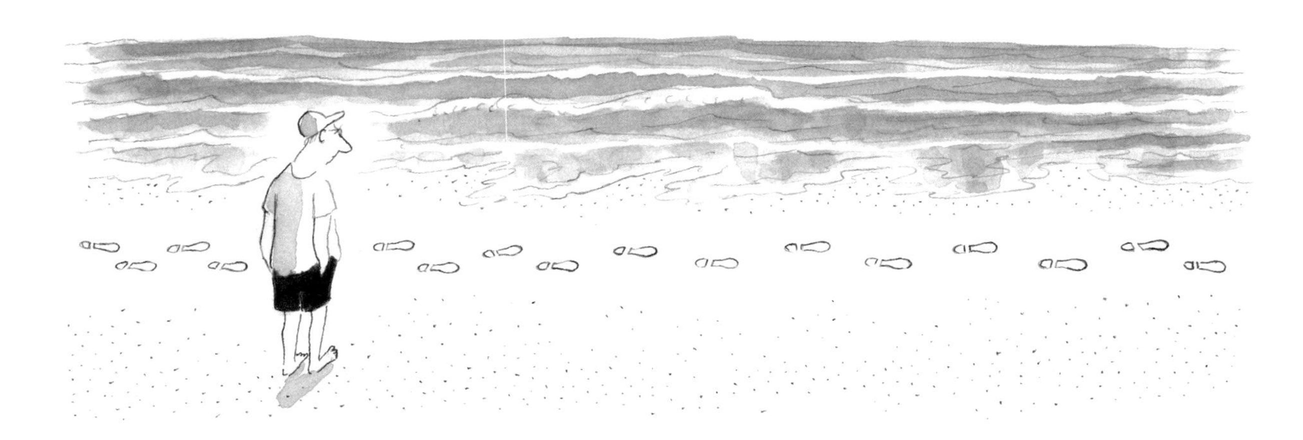

1

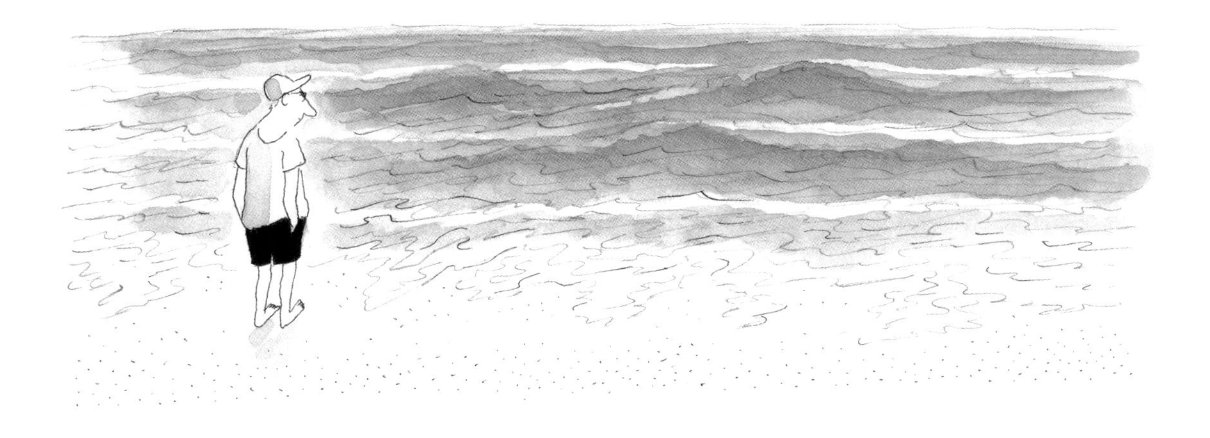

2

3

신사 숙녀 여러분, 장엄한 일몰이 진행되는 동안 휴대 전화의 벨 소리를 줄여 주시기를 간곡히 부탁드립니다.

인생이란 언제나 놀라워. 자네가 어마어마한 곤들매기를 잡던 날, 그리고 그다음 주에 기막히게 큰 숭어를 잡아 올렸을 때, 고백하건대 난 자네의 기쁨과 자네 가족들의 자랑을 시샘했네. 하지만 내 생각이 틀렸어. 자네는 신경질적이고 참을성이 없어졌거든. 그 후론 자네가 잡아들인 자잘한 잉어 새끼들이 주위의 실망만 불러일으켰으니 이해할 만해. 반면에 나는 우리 집 식구들의 안온한 평화를 느끼게 되었지. 크지도 않고 대수롭지 않은 것일망정 언제나 똑같은 생선 튀김을 먹을 수 있다는 믿음이 마침내 안도감까지 가져다준 거지. 말하자면 그건, 확신과 영속성에서 비롯한 평온이라네.

정말이지 변하는 건 아무것도 없어. 어릴 때는 저녁만 되면 잔뜩 겁이 났어. 우유를 가지러 농장에 갈 때마다 늑대나 귀신이 날 기다리고 있다가 덮칠까 봐 무서웠거든. 한데 요새는 텔레비전의 저녁 뉴스 시간만 다가오면 겁나. 다우존스나 파리 주식 시장 지수가 날 박살 낼까 봐 걱정이거든.

우리의 숙박 능력, 사업 추진 가능성과 커뮤니케이션 능력, 요컨대 우리의 모든 지원 체제를 검토해야 할 것입니다. 하지만 그에 앞서, 섹스 관광이라는 개념에 대해 의견 일치를 보는 일이 중요합니다.

SALLE POLYVALENTE 마을 회관

제가 우려하는 건, 우리가 너무 급속하게 세계 정부로 나아가고 있다는 점입니다.

MAIRIE 시청, 구청, 면사무소

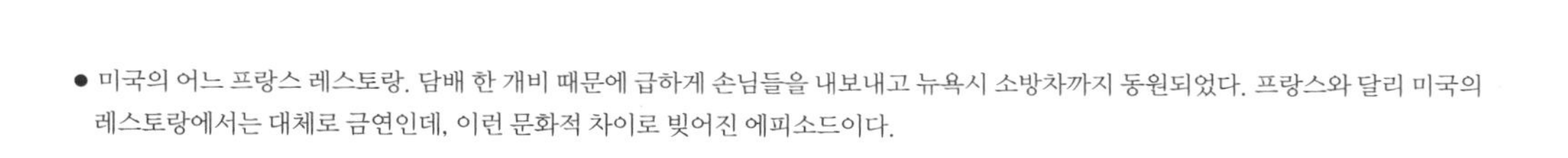

● 미국의 어느 프랑스 레스토랑. 담배 한 개비 때문에 급하게 손님들을 내보내고 뉴욕시 소방차까지 동원되었다. 프랑스와 달리 미국의 레스토랑에서는 대체로 금연인데, 이런 문화적 차이로 빚어진 에피소드이다.

CHEZ JEAN
FRENCH
RESTAURANT
COFFE
NEW YORK
CITY
sempé.

당신과 나 같은 음악인들은 일상의 수많은 것에서 음악의 영향력을 생각하게 되지요. 매일 아침 이 자리에 서면, 여기저기서 곡조들이 떠올라요. 모차르트, 슈베르트, 베토벤……. 그리고 사랑하는 폴, 당신이 내 곁에서 스트라빈스키나 슈토크하우젠의 음악(나한텐 그저 모두 다 폴카 같지만)을 읊조리는 게 느껴지고요. 사랑하는 폴, 표현의 자유를 고려해서, 당신 강의를 드디어 한 시간 일찍 시작하기로 했다는 방침을 음악원으로부터 얻어 냈어요.

당신은 뭔가를 해달라고 기도하겠지만, 난 제발 당신이 나한테 부탁 좀 그만하게 해달라고 기도하지.

돈은 좀 많이 듭니다만, 비싼 건 아닙니다.

나라면 저런 그림 그릴 인내심은 없을 거야.

난 이 화가가 격분할 때가 좋더라.

끝없는 분출이죠.

책에 나온 몇 가지 원칙을 주변 사람들한테 당장 적용할 수 있을 만큼 아주 정확하고 날카로운 지정학 서적을 하나 사고 싶거든요.

그리고 2장 중간쯤에 이르자 인물들이 저들 나름의 삶을 꾸려 가기 시작한다는 걸 깨달았죠. 말하자면 그때부터 인물들이 자기네 삶의 방식을 나한테 강요하더라고요. 그러더니 소설의 끝으로 치달아 가는 5장과 6장부터는 나더러 출판사를 바꾸라고 종용하더군요.

베르나르, 자네에게 우정의 끝, 우리 우정의 끝을 알려야겠어. 어제 자네가 그랬지. 〈뭔가 뒤지고 있다는 느낌이 든다〉고. 난 측은한 마음에 자네에게 물었지. 〈무엇에 뒤지고 있느냐〉고 말이야. 그랬더니 자네는 〈모든 것에, 일이며 사람이며 모두 다〉라고 하더군. 그래서 난 다정하게 되물었지. 〈나에 대해서도 그러느냐〉고. 그랬더니 자네가 그러더군. 〈너한테 뒤지다니! 어째서? 그건 절대로 아니야!〉

이 모든 게 오래된 얘기라는 건 알아, 클로틸드. 하지만 당신을 두렵게 했다는 이른바 내 안의 그늘진 부분에 대해 다시 얘기를 나누었으면 좋겠어. 대화를 하다 보면 나의 그 어두운 부분이 어쩌면 당신의 기쁨과 행복의 원천이었다는 걸 깨우치게 될지도 몰라.

제 책의 처음 부분을 쓰면서 아버지가 저에게 강요했던 근친상간에 대한 죄의식에서 벗어날 수 있었죠. 하지만 두 번째 부분(아버지가 제 동생과도 똑같은 관계를 맺고 있다는 걸 발견한 부분 말이에요)을 쓰면서야 비로소 제가 왜 글을 쓰게 되었는가 하는 심오한 동기를 깨우치게 되었어요. 그건 말하자면, 아버지가 동생에게서 도대체 뭘 발견했는지 알아보려는 거였어요.

이런 장소에 오면 나 자신이 되는 기분이야. 한데 사람들과 이야기하다 보면 내가 이 사람이나 저 사람과도 다르다는 느낌이 드는 거야. 그래서 자아를 되찾으려고 하지만 더는 똑같지 않아. 그러다 늦은 시간에야 집으로 돌아가지. 그러면 아파트 안쪽에서 클레르가 잔뜩 짜증 내며 소리 지르지, 〈당신이야?〉라고. 그 순간, 〈그래 나야〉라고 대답하면서 비로소 안심이 된다네.

모두들 와서 함부로 아무 얘기나 하고, 당신 말을 염탐하고 감시하고 결국에는 왜곡이나 해대는데, 어떤 이가 나타나 당신에게 아무 말도 안 하고, 당신을 쳐다보지도 않고, 어쩌면 당신 말을 귀담아듣지도 않는다면 얼마나 마음이 편하시겠어요.

난 〈소망〉에서 일을 시작했는데, 그 회사가 〈희망〉과 합병하여 〈전망〉이 되어 버렸어. 거기서 그 계열사 중 하나인 〈유망〉의 경영을 나한테 맡겼는데, 회사 확장 과정에서 〈대망〉이 되어 버렸지. 요컨대 회사로서는 굉장히 성공한 셈이지. 하지만 난 이따금 〈허망〉이 생각나서…….

sempé

겹겹의 의도

옮긴이 윤정임은 1958년에 태어나 연세대학교 불어불문학과와 동 대학원을 졸업했으며, 프랑스 파리 10대학에서 박사 학위를 받았다. 옮긴 책으로 장자크 상페의 『거창한 꿈』, 『아름다운 날들』, 『랑베르 씨』, 『랑베르 씨의 신분 상승』, 장폴 사르트르의 『방법의 탐구』, 질 들뢰즈와 펠릭스 가타리의 『철학이란 무엇인가』(공역), 드니 랭동의 『소설로 읽는 그리스 로마 신화』, 엠마뉘엘 카레르의 『적』, 마르탱 뱅클레르의 『아름다운 의사 삭스』 등이 있다.

글·그림 장자크 상페 **옮긴이** 윤정임 **발행인** 홍예빈·홍유진 **발행처** 주식회사 열린책들 **주소** 경기도 파주시 문발로 253 파주출판도시 **전화** 031-955-4000 **팩스** 031-955-4004 **홈페이지** www.openbooks.co.kr ISBN 978-89-329-1897-6 03860 **발행일** 2004년 6월 1일 초판 1쇄 2010년 7월 20일 초판 3쇄 2005년 6월 10일 2판 1쇄 2011년 6월 10일 2판 2쇄 2018년 8월 15일 신판 1쇄 2022년 8월 20일 신판 2쇄

이 도서의 국립중앙도서관 출판예정도서목록(CIP)은 서지정보유통지원시스템 홈페이지(http://seoji.nl.go.kr)와 국가자료공동목록시스템(http://www.nl.go.kr/kolisnet)에서 이용하실 수 있습니다.(CIP제어번호:CIP2018017335)